かあさんのにゅういん

大石《おおいし》　真《まこと》・作　西川《にしかわ》おさむ・絵

小峰書店

もくじ

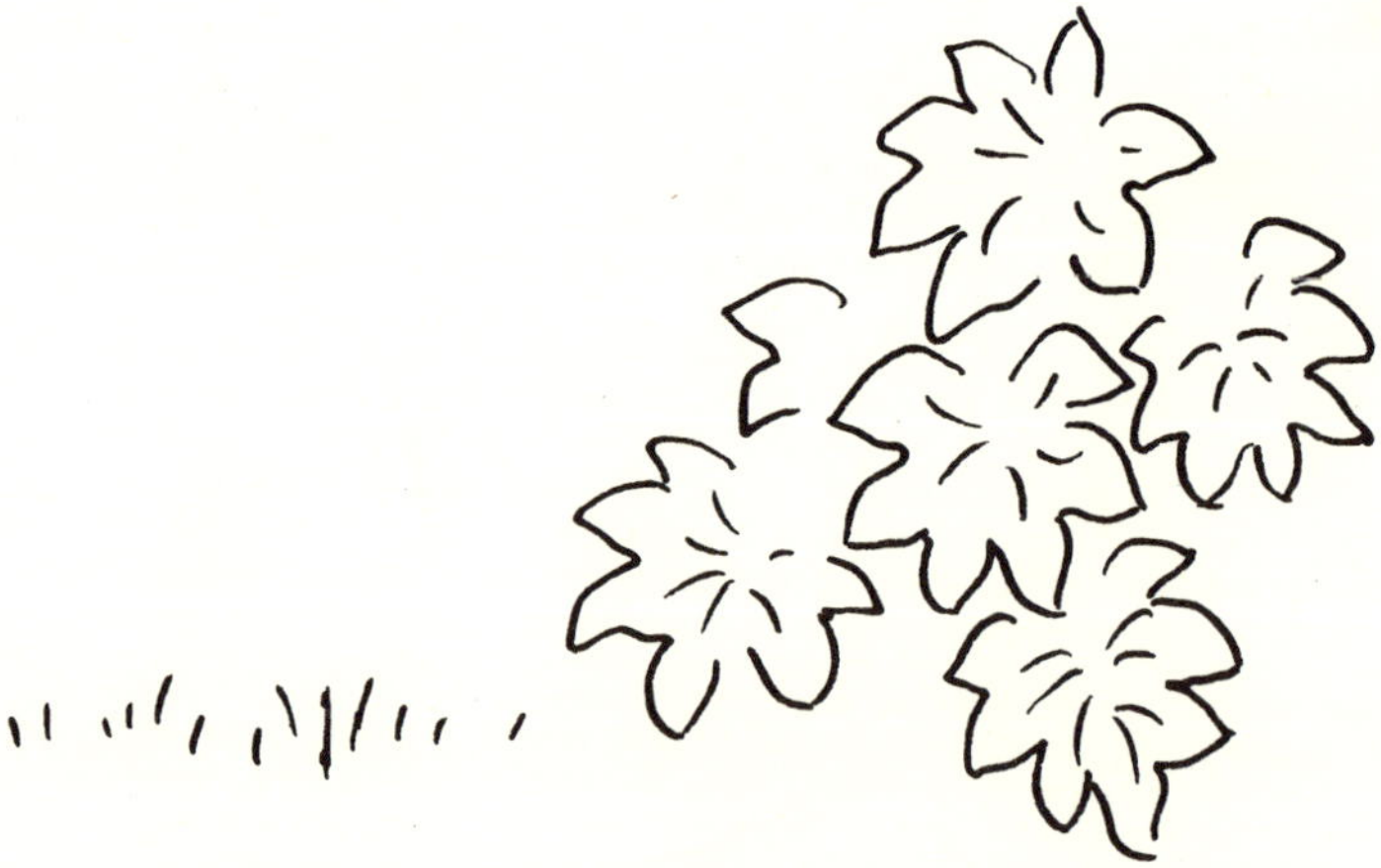

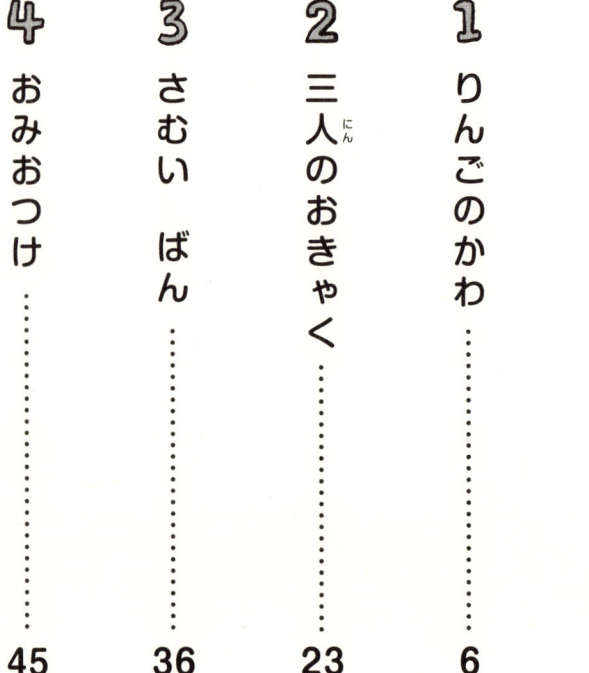

かあさんの にゅういん

1　りんごのかわ

ゆうがた、ぼくは　にいちゃんと　スーパーにいった。スーパーなんて、めったに　いったことがないから、ぼくは　ちょっと　びくびくした。

にいちゃんが　入《い》り口《ぐち》で　かごを一つとった。

はいってすぐのところに、くだものと　やさいが　いっぱい　つみあげてある。

「にいちゃん、りんご　りんご。」

ぼくは　にいちゃんのせなかを　つっついた。りんごがとてもおいしそうに　見《み》えたからだ。

にいちゃんは　りんごを三つ　かごの中《なか》にいれた。

「みかんも。」

と、ぼくはいったが、みかんは　いれてくれなかった。

やさいのれつの　むこうには、いろんなさかなが　ならんでいる。

その中《なか》で、いちばん　おいしそうなのは、おさしみのもりあわせだ。

「おさしみ、おさしみ。」

ぼくは　にいちゃんのせなかを　つついた。

でも、にいちゃんは　だまって　そのまえをとおりすぎた。

そのとなりでは、にくをうっていた。

ぶたにく、ぎゅうにく、とりにく……。

そこをすぎると、カツと　メンチカツと　コロッケと　シュウマイが　ならんでいた。ハムや　ソーセージなんかも　ならんでいた。

にいちゃんは　そこから　メンチカツの　パックをつまんで　かごにいれた。

そのまま　出《で》ていこうとしたから、ぼくは　がっかりした。

そうしたら　にいちゃんは、

「あっ、あしたの朝《あさ》のこと　わすれてた。」

といって、また　入《い》り口《ぐち》のほうに　ひきかえして、牛乳《ぎゅうにゅう》と

ミートボール
カツ
メンチカツ
コロッケ
シュウマイ

たまごと　パンを　かごにいれた。
それから　出口《でぐち》のてまえのところで、ポテトチップスを
かごにいれて、お金《かね》をはらうばしょにいった。
にいちゃんのかいものは、二千円《せんえん》にもならなかった。
きのうの晩《ばん》、とうさんは　にいちゃんに五千円《せんえん》わたして、
「あしたは　とうさん　おそくなるから、これで　ふたりの
すきなもの　かってたべなさい。」
と、いったのだ。
それなのに、にいちゃんは　二千円《せんえん》もつかわない。
スーパーを　出《で》てから、
「おさしみにすれば　よかったのに。」

と、ぼくが　おこっていったら、

「なるべく　お金《かね》は　つかわないようにしなくちゃ……。」

と、にいちゃんはいった。

「いま、ぼくんち　たいへんなんだよ。にゅういんひが　あるだろう、つきそいふさんに　お金《かね》　はらわなきゃならないだろう。どんどん　お金《かね》が　出《で》ていくんだ。」

家《いえ》にかえると、さっそく　ふたりだけの　夕《ゆう》ごはんにとりかかった。

したくは　かんたんだった。

ぼくが　おちゃわんとおはしを出《だ》し、にいちゃんは　いまかってきた　メンチカツを　おさらにのせて、ごはんを　よ

そえば　いいわけだった。

にいちゃんが　テレビをつけたので、それを見《み》ながら　ごはんをたべた。

メンチカツだけでは　なんだか　ものたりないとおもったら、キャベツがないのに　きがついた。

「キャベツも　かってくると　よかったね。」

といったら、

「キャベツ　かっても、かあさんみたいに　うまくきれないもん。」

と、にいちゃんはいった。

そういえば、そうだ。かあさんは、にんじんでも　だいこ

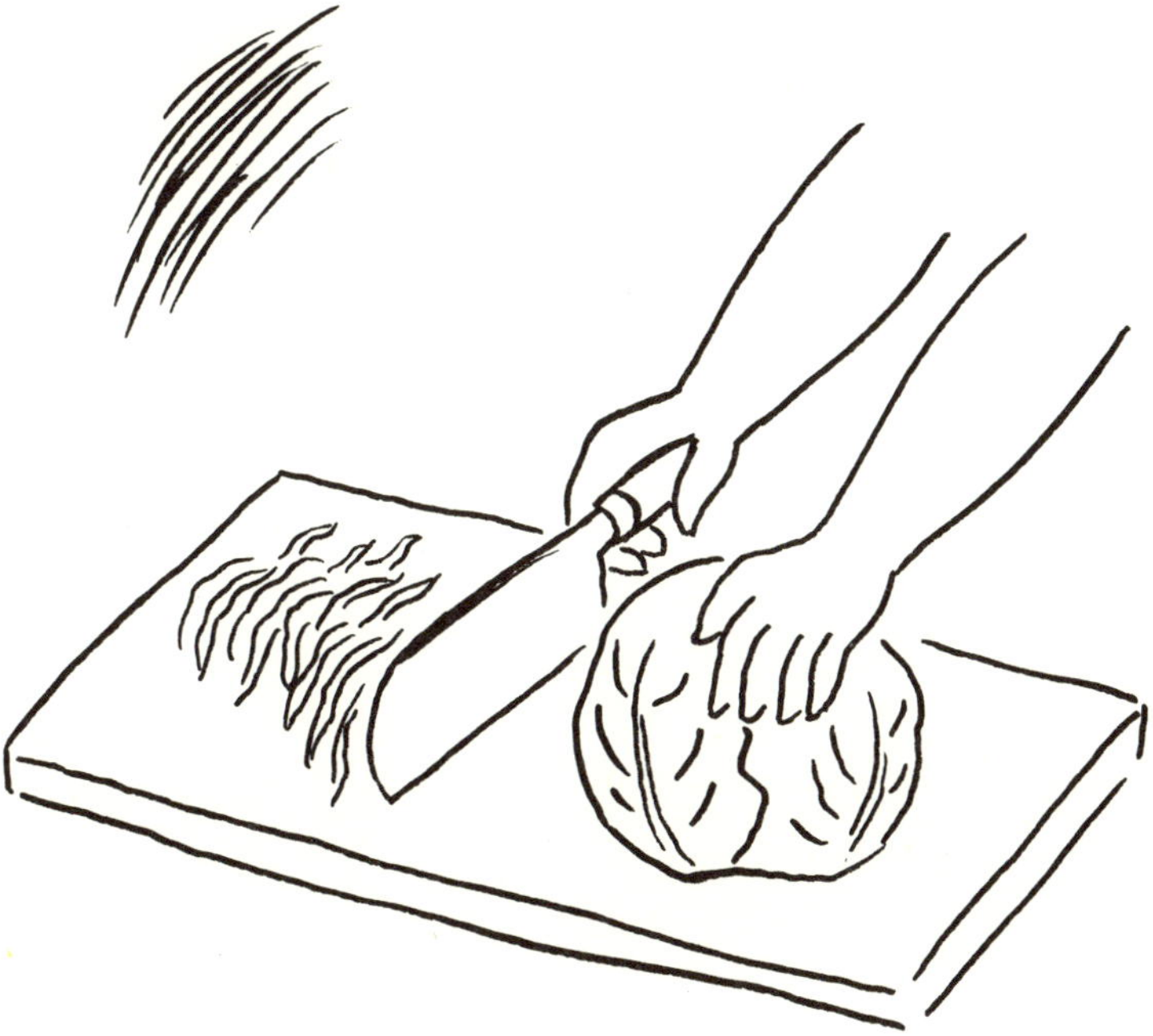

んでも、とても早《はや》く　きれいに　きることができる。あんなに　早《はや》くきって、よく　ゆびをきらないもんだ、とかんしんするくらいだ。
夕《ゆう》ごはんが　すんだのでりんごを　たべることにした。
でも、にいちゃんにはりんごのかわなんか　むけない。かあさんなら、する

する　一ぽんのひもみたいに　むけるのに。

「しょうがない。あらって　かじろう。」

にいちゃんは　水道《すいどう》の水《みず》を　ざあっとかけて、

「ほら。」

一つ、ぼくに　なげてよこした。

ぼくは　うけそこなって、ゆかに　おとしてしまった。りんごが　大《おお》きすぎたのだ。

「そのまま　かじっちゃ　だめ。あらってから　たべろ。」

にいちゃんが　どなったけれど、ぼくは　いそいで　ザクッとかみついた。

りんごのかわのことで、きゅうに　かあさんのことを　おもい出《だ》したからだ。そしたら、なきだしたくなってきたんだ。
かあさんが　こうつうじこで　びょういんに　にゅういんしたのは、十日《とおか》まえのことだった。
かあさんは　おひるごろ　かいものに出《で》かけて、おうだんほどうで　スピードを出《だ》しすぎの　オートバイにひかれたのだ。
ぼくとにいちゃんは、そのとき　まだ　学校《がっこう》だった。きょうとう先生《せんせい》によばれて、ぼくたちは　かあさんの　こうつうじこを　しったのだ。
まさか　ぼくの　かあさんが　こうつうじこに　あうなん

て……。ぼくは　そんなこと　一どもかんがえたことが　なかったので、びっくりしてしまった。

きょうとう先生《せんせい》は　くるまで　ぼくたちを　びょういんにつれていってくれた。

かあさんは　ベッドで、

「いたい、いたい。」

と、子《こ》どもみたいに　ないていた。

ぼくもにいちゃんも、どうしたらいいか　わからなかった。だまって、いたがってないている　かあさんを見《み》ているだけだった。

年《とし》をとった　かんごふさんが、

「ほら、ぼうやたちが　きましたよ。そんなよわむしじゃだめじゃないの。」

しかりつけるように、かあさんを　はげましていた。

そのうち、とうさんが　青《あお》いかおをして　はいってきた。

ぼくのとうさんは　ふつうのおとなの人《ひと》より　せが高《たか》く、がっしりしている。そして、ひげなんかも　はやしている。

でも、そのとうさんも　どうしたらよいのか　わからないらしく、くるしんでいるかあさんを　だまって見《み》ているだけだった。

その日《ひ》、にいちゃんとぼくは、見《み》まいにきてくれた　ミッちゃんのおばさんと、いっしょにかえった。ばんごはんも

ミッちゃんの家《いえ》でたべた。

とうさんは　九時《じ》ごろかえってきた。

「かあさんのけがが、すっかりなおって　たいいんできるまでには、三月《みつき》ぐらいかかるそうだ。」

とうさんが　いったので、ぼくもにいちゃんも　びっくりしてしまった。

「そんなに　かかるの！」

と　いったら、
「こうつうじこで　しぬ人《ひと》だっているんだ。それを　かんがえれば、がまんできるだろう。」
とうさんは　ぼくたちを　にらむようにして、そういった。
つぎの日《ひ》、長野《ながの》から　里子《さとこ》おばさんが　やってきて、ぼくのうちに　とまってくれた。おばさんは　とうさんのいもうとだ。
ぼくのうちのしごとを　いろいろ　てつだってくれたけれど、おばさんにも　ユウジくんと　マユミちゃんが　いるから、
「また　くるからね。がんばって。」

といって、一しゅうかんすると　かえってしまった。

それから、ぼくたちは　とうさんと　三人《にん》だけでくらしている。

とうさんが　ごはんつくりも、せんたくも、やってくれる。

それまで、とうさんが　家《いえ》のしごとを　しているところなんて　見《み》たことがなかったから、

「とうさんって、なんでも　できるんだね。」

って、ぼくがいったら、

「そうさ。いざというとき、男《おとこ》は　すごいんだぞ。」

と、とうさんはいった。

「でも、とうさんばかりに　やらせないで、おまえたちも

てつだってくれよな。」

そこで、家《いえ》のそうじは　ぼくたちふたりが　やることにした。

しょくじのあとの、よごれたおちゃわんや　おさらをあらうのは、にいちゃんが　することになった。

2　三人《にん》のおきゃく

かあさんがいないから、家《いえ》にかえっても　つまらない。

かあさんが　はたらきにいっている　ケンちゃんや　ヒロシくんたちは、学校《がっこう》がすむと　がくどうクラブにいく。

でも、ぼくは　がくどうクラブには　はいれない。

「吉本くん、ぼくのうちに　あそびにこない。」

学校《がっこう》で　ぼくは　吉本《よしもと》くんを　さそってみた。

吉本《よしもと》くんは　しんせつだ。みんなに　すかれている。だから、ぼくは　吉本《よしもと》くんを　さそってみたのだ。

「うん、いいよ。」

吉本《よしもと》くんは　いってくれて、

「谷《たに》くんと　中村《なかむら》くんも　いっしょじゃ　だめ。」

と、ぼくにきいた。

「かまわないよ。」

ぼくは　うなずいた。

その日《ひ》、ぼくは　学校《がっこう》から　かえりながら、うきうきして
いた。

おしゃべりで、うたの大《だい》すきなかあさんが　にゅういんし
てから、ぼくの家《いえ》は　きゅうに　さびしくなった。

その　ぼくの家《いえ》に、これから三人《にん》　おきゃくさんがやって

くる――そうおもうと、ぼくは　うれしくてたまらなかった。
まもなく、吉本《よしもと》くんと　谷《たに》くんと　中村《なかむら》くんがやってきた。
ぼくたちは、ぼくのもっている　おもちゃであそんだり、
ゲームをしたりした。
しまいには　プロレスごっこになって、どたんばたん　大《おお》
さわぎになった。
かあさんがいないから、いくらあばれたって　かまわない。
だから、とても　たのしかった。
でも、おなかが　すいてきた。とけいを見《み》ると、三時《じ》半《はん》だ。
「おやつにしよう。」
ぼくは　そういって、れいぞうこの中《なか》の　二本《ほん》のジュース

33

を、四つのコップに　おなじくらいにいれて、みんなにくばった。

それから、ふくろにはいっていた　おせんべいもくばった。

「ごちそうさま。」

みんなは、おいしそうに　ジュースをのみ、おせんべいをたべると、かえっていった。

それから　三十分《ぷん》ぐらいたって、にいちゃんが　かえってきた。

きょうのにいちゃんは、なんだか　とても　きげんがわるい。

「だれか　あそびにきたな。」

ちらかっている　へやの中《なか》を、ぐるっと見《み》まわして、
「早《はや》く　かたづけろ、ジュン！」
ぼくにむかって　どなった。
そんなに　大《おお》きなこえで　どならなくったって　いいじゃないか。
ぼくが　むっとしていると、にいちゃんは　れいぞうこをあけて、また　どなった。
「ジュースは　どうしたんだ。あれっ、せんべいもないぞ。」
ぼくは　しまった　とおもった。にいちゃんのことを　すっかり　わすれて、にいちゃんのおやつを　四人《にん》で　たべてしまったんだ。

でも、にいちゃんが　あまり　どなるんで、

「じぶんで　かってくれば　いいじゃないか。」

ぼくも　どなりかえしてやった。

にいちゃんは　とうさんから　お金《かね》をあずかっている。その金《かね》で、すきなものを　かってくれば　いいじゃないか。

「おまえ、かってこい。」

にいちゃんが、また　どなった。

「やだよ。」

といったら、にいちゃんは　いきなり　ぼくの頭《あたま》を　ぽかんとたたいた。

ぼくは　手《て》にもっていた　ミニカーを、にいちゃんに　な

げつけた。
あたらなかった。
「なまいきだ、おまえ。」
にいちゃんが　ぼくのうでを　にぎって、また　頭《あたま》をたたいた。
ぼくは　なきだした。なきながら、
「かあさん、かあさん。」
と　さけんだ。
いくら　かあさんを　よ

んだって、かあさんが　きてくれないことは　わかっていた。わかっていたから、よけい　かなしくなって、ワンワンないてしまった。

すると、かあさんのかわりに、となりの　ミッちゃんのおばさんが　顔《かお》をのぞかせた。

「あら、どうしたの、きょうだいげんか？」

おばさんは　ぼくたちを見《み》て　いった。

ぼくが　なきながら、にいちゃんのほうを見《み》ると、にいちゃんは　とても　こまった顔《かお》をしていた。

「お母《かあ》さんが　にゅういんしてるんでしょ。なかよくしなくちゃ　だめじゃないの。コウジくんは　にいさんらしく、

おとうとに　やさしくして
あげるのよ。ジュンちゃん
も　いつまでも　ないてい
ないで。
そうだ、うちへ　あそび
にきたら？　ミツオも　い
るわよ。」
おばさんに　いわれて、
「ジュン、いこう。」
にいちゃんが　ぼくのか
たに　手《て》をのせた。

にいちゃんは　ぼくと　なかなおりをしたがっていた。
そこで　ぼくたちは　ミッちゃんの家《いえ》で　あそぶことにした。
おばさんが　おやつを出《だ》してくれたから、ぼくは　ほっとした。
いつのまにか、まどのそとは　まっくらになっていた。
「ついでに、ばんごはんでも　たべていらっしゃい。」
おばさんが　いってくれたけれど、
「いいえ、いいんです。とうさんが　かえってきますから。」
にいちゃんは　おとなみたいな　へんじをした。
「ばんごはん　どうしているの？」

おばさんが　きいた。

「とうさんが　スーパーで　かってくるんです。」

にいちゃんが　いうと、

「スーパーのものばかりじゃ　たいへんね。こんど　おばさんが　おいしいもの　こさえて、もってってあげるわね。」

と、おばさんがいった。

3　さむい　ばん

その日《ひ》、とうさんは　スーパーの　大《おお》きなふくろをさげて　かえってきた。

「こんやは　ごちそうだぞ。ごはんがすんだら、みんなで　びょういんにいくんだ。」

とうさんは　そういうと、さっそく　夕《ゆう》ごはんのしたくに　とりかかった。

おゆをわかす。ねぎをきる。とうふをきる。しらたきをきる。

なべのそこに　あぶらをしいて、　ねぎとにくをならべ、そこへ　さとうとしょうゆをかけた。
しばらくすると、グツグツ　にえるおとがして、とてもいいにおいがしてきた。
とうさんは　そこへ　とうふとしらたきをいれて、あじをみていたが、
「さあ、もう　いいぞ。コウジ、おちゃわんに　ごはんをよそって。」
と、いった。
にいちゃんが　はたらきだしたので、ぼくも　ぼやぼやしていられなかった。

おはしばこから　みんなの　おはしをとり出《だ》して、テーブルにならべた。おはしばこの中《なか》に　かあさんの　赤《あか》いおはしだけが　二ほんのこった。

すきやきというと、いつも　にいちゃんとぼくは　にくのとりっこをして、けんかになる。

「わっ、にいちゃん、大《おお》きいにくをとった。」

ぼくがいうと、

「ジュンのほうが　大《おお》きいじゃないか。」

と、にいちゃんがいいかえす。

でも、きょうは　そんなけんかは　しなかった。

たっぷり　にくがあって、

「そら、どんどん　くえ。」

と、とうさんが　いったからだ。

とうさんは　かあさんとちがって、とてもきまえがいい。

ばんごはんをすませると、ぼくたちは　びょういんに出《で》かけた。

びょういんは　ぼくの家《いえ》から　ずいぶんはなれている。

だから、ぼくと　にいちゃんは、日曜日《にちようび》にしか　いけないけれど、こんや　ぼくたちがいくのは、あした　かあさんのしゅじゅつがあるからなんだ。

びょういんのかあさんは、きょうは　げんきだった。

ぼくたちにむかって、

「なかよくやっている？」

と、きいた。

さっき、きょうだいげんかを　したけれど、ぼくも　にいちゃんも　だまっていた。

「めいわくかけて　ごめんね。でも、がまんしてちょうだい。」

ぼくの頭《あたま》に　手《て》をのせて、かあさんがいった。

「あした、しゅじゅつなんだって？」

にいちゃんが　しんぱいそうにきいた。

それから　ひとりごとみたいに、

「いたくないかなあ……。」

と、いった。

「ますいをかけてやるんだから、だいじょうぶよ。」

かあさんがいうと、

「このびょういんの　おいしゃさんは　じょうずですから、しんぱいすることはありませんよ。」

と、つきそいのおばさんも　いってくれた。

ぼくたちは　九時《じ》まで　かあさんといっしょにいた。びょうしつには、かあさんのほかに　七人《にん》の人《ひと》が　ベッドにいたから、大《おお》きなこえでは　はなせなかった。

それでも、ぼくとにいちゃんは、学校《がっこう》のことや　友《とも》だちのことを　いっしょうけんめい　かあさんに　はなしてあげた。

「さあ、九時《じ》だよ。かえらなくちゃな。」

とうさんが　にいちゃんとぼくのかたを　うしろからだきよせた。

「がんばってね、かあさん。」

にいちゃんが　しんけんなかおをして　いった。

かあさんは　ちょっとわらって　うなずくと、

「かぜを　ひかないように。それから、火事《かじ》にならないように、くれぐれも　用心《ようじん》してね。」

と、ぼくたちにいった。

びょういんを出《で》ると、つめたい風《かぜ》が　ふいていて、外《そと》はひどくさむかった。

4　おみおつけ

学校《がっこう》のかえりみち、リエちゃんが　ぼくのそばに　よってきた。

ぼくは　これまで　リエちゃんと　いっしょにかえったことは　一どもない。

それは、一年生《ねんせい》のとき、リエちゃんと　けんかをしたことが　あったからだ。

なんのことで　けんかをしたのか、もう　わすれちまったけど、そのとき、リエちゃんに　なかされたのを　おぼえている。

口《くち》のたっしゃな　リエちゃんに、いいまかされたんだ。

ぼくは　それから、かえりみちで　リエちゃんにあっても、
口《くち》をきかないことにしていた。

そのリエちゃんが　ぼくのところに　よってきて、

「ジュンちゃん、お母《かあ》さんがいなくって、さびしいでしょ。」

へんに　やさしいこえで　きいた。

「へいきだい。」

ぼくがいうと、

「じゃ、せんたくなんか　だれがするの？」

また、きいてきた。

「とうさんさ。」

するとリエちゃんは　ほそい目《め》を　まんまるくして、

「まあ、お父《とう》さんが。ジュンちゃんのお父《とう》さん、ひるま　おつとめでしょ。それなのに、かえってきてから　そんなことさせちゃ　かわいそうでしょ。」

さも、あきれたようにいった。

「そんなこと　わかってらい。でも、しかたがないじゃないか。」

ぼくは　そういおうとおもったけど、だまっていた。

すると、リエちゃんがいった。

「わたしねえ、おせんたくだって、おりょうりだって、じぶ

んで　できるわよ。」
リエちゃんの　いばったいいかたが、ぼくには　コツンと
きた。
「おりょうりって、なにが　つくれるんだい？」
「ライスカレーでしょ、チャーハンでしょ、やきそばでしょ、
それから、めだまやき、おみそしる、ええと、それから……。」
リエちゃんは　ゆびをおって、うたでもうたうように　い
った。
ぼくは　リエちゃんの　できそうにない、むずかしいりょ
うりの名《な》まえを　いって、
「それ、できるかよ。」

と、へこましてやりたくなった。

でも、いくらかんがえても、むずかしいりょうりの名《な》まえなんて、おもい出《だ》せない。

そのうち、リエちゃんとわかれる　十じろのところにきた。

「じゃあな。」

ぼくは　リエちゃんと　わかれた。

わかれてから、

「なんだい、あいつ。じぶんのことばかり　じまんして。」

と、おもった。

でも、ほんとうのことをいうと、せんたくも　りょうりもできる　リエちゃんが、ぼくには　うらやましかった。

にいちゃんが　女《おんな》の子《こ》だったら　よかったのに、と　おもった。

リエちゃんが　つくれるといった　りょうりを、ぼくは　それほど　たべたいとは　おもわなかった。

それでも、一つだけ　うらやましいものがあった。

それは　おみそしるだ。ぼくの家《いえ》では、おみおつけって　いってるけど、そのおみおつけを　リエちゃんがつくれるのが　うらやましかった。

気《き》がついてみると、三人《にん》で　たべるようになってから、一ども　おみおつけを　のんだことがない。

ぼくんちは、とうさんも　かあさんも　おみおつけがすきで、まい日《にち》　のんでいたのに……。

とうさんは　おみおつけの中《なか》に、しちみとうがらしをいれるのが　すきで、

「そんなにいれると、鼻《はな》が赤《あか》くなりますよ。」

と、かあさんにしかられても、ぱっぱっと　たくさんいれる。

ときどき、ぼくは　とうさんの鼻《はな》を見《み》るけれど、赤《あか》くなんかなっていない。

あんなに　おみおつけのすきなとうさんが、どうして　スーパーで　おみおつけのもとを　かってこないのだろう。テレビで、さかんに　せんでんしているのに……。

やっぱり、かあさんがつくるみたいにしないと、だめなの

かな。

そのとき、ぼくは　きゅうに、

「こんや、おにいちゃんと　おみおつけを　こしらえてみよう。」

と、おもった。そしたら、なんだか　ひどく　げんきがでてきた。

リエちゃんなんかに　まけられない、と　おもったのだ。

にいちゃんが　かえってきたので、そのはなしをすると、

「でも、どうやって　つくるのかな。」

にいちゃんは　しんぱいそうだった。

「かんたんだよ。ねぎや　とうふを　こまかくきって、おみ

そといっしょに　にればいいんだろ。」

ぼくが　いっても、にいちゃんは　かんがえこんでいた。

だいどころで、おみおつけをつくっている　かあさんのことを　おもい出《だ》そうとしているみたいだった。

「そうだ、いいことがある。ジュン、いっしょに　としょかんにいこうよ。」

「としょかん？」

ぼくは　おどろいて、にいちゃんの顔《かお》を見《み》た。

「としょかんにいけば、りょうりのつくりかたをかいた　本《ほん》がある。それを　かりてくるんだ。」

なるほど、とぼくは　かんしんした。にいちゃんって、や

っぱり　頭《あたま》がいい。

としょかんには、りょうりの本《ほん》が　二十さつぐらいあった。あつい本《ほん》も　あれば、うすい本《ほん》も　あった。むずかしそうな本《ほん》も　あれば、やさしそうな本《ほん》も　あった。

でも、やさしそうでも、おとなむきの本《ほん》だから、ぼくには　ちっとも　わからない。にいちゃんは「うん、うん」と　うなずきながら、一さつずつ　目《め》をとおしていた。

「わかる、にいちゃん？」

「うん、これなら　わかりそう。」

にいちゃんは、その中《なか》の　一さつを　かりることにした。

「見《み》せて。」

家《いえ》にむかって　あるきながら、ぼくは　ページをめくった。

おいしそうな　ごちそうのしゃしんが、いっぱい　ならんでいた。

「この本《ほん》をよめば、こんなごちそうが　つくれるの？」

「そうさ。」

ぼくは、すっかり　うれしくなった。

それじゃ　これからまい日《にち》、にいちゃんといっしょに、すてきなごちそうが　つくれるじゃないか。

家《いえ》にかえると、にいちゃんは　みそしるのつくりかた　というところを、ねっしんによんでいた。

「この字《じ》、なんていうのかな。」

ときどき、首《くび》をひねったりするので、ぼくは　しんぱいになってきた。

「ま、だいたい　わかった。」

しばらくして、にいちゃんがいった。

「にぼし40グラム、頭《あたま》とはらわたをとって、水《みず》で　さっとあらい、カップ5の水《みず》といっしょに　なべにいれて、中火《ちゅうび》にかける。」

にいちゃんは　ぼくに　よんできかせて、

「40グラムって、どのくらいだろうな。」

ぼくにきいた。

そんなこと　きかれたって、ぼくには　わかりっこない。

「そうだ、たまご一このおもさ、やく50グラムって、学校《がっこう》でならったっけ。」

にいちゃんは　先生《せんせい》におそわったことを　おもい出《だ》したらしく、うれしそうな顔《かお》になった。

「40グラムだから、たまごより　ちょっとかるいんだ。」

それから、また　ぼくにきいた。

「中火《ちゅうび》って、なんだろうな。」

むろん、ぼくになんか　わかりっこない。

「中《ちゅう》くらいの火《ひ》ってことかな。きっと　そうだよな。」

にいちゃんは　じぶんで　じぶんに　うなずいていた。

それから、れいぞうこをのぞいて、みそとねぎがあるのを

たしかめると、

「ジュン、スーパーへいこう。」

ぼくをさそって、とうふと　あぶらげを　かいにいった。

うちにかえると、にいちゃんは　大《おお》はりきりだった。

はかりがないものだから、ものさしのりょうはしに　おさらをのせて、そのかたっぽうに　たまごをのせ、にぼしとみそのおもさを　はかったりした。

ずいぶん　時《じ》間《かん》がかかったけれど、やっと　おみおつけができあがった。

「うまそう。」

鼻《はな》をひくひくさせて、ぼくはいった。

「いけねえ。みそしるは　できあがったら、すぐたべること、ってかいてある。」

本《ほん》を見《み》ながら、にいちゃんがいった。

「じゃ、たべようよ。」

「とうさんが　かえってくるまで、まっていなくても　いいかな。」

とけいを見《み》ると、まだ　五時《じ》半《はん》だった。

「じゃ、一ぱいだけ　たべることにするか。」

できたてのおみおつけと、たまごと　のりのつくだにで、かるく一ぱいだけ　たべることにした。

「そうだ、しちみとうがらし。」

にいちゃんが　とだなから、しちみとうがらしの　まるいかんをもってきた。

しちみとうがらしは、とうさんだけが　おみおつけにふりかける。子《こ》どもたちが　まねしようとすると、かあさんにしかられる。

でも、いまはへいき。それで、にいちゃんは　おみおつけに　ふりかけてみることにしたのだ。

ぼくも　まねして、ちょっとだけ　ふりかけてみた。

ところが、ふたりでつくった　おみおつけは、ばかにうまかった。

そこで、こんどは　ごはんに　おみおつけをかけて、もう

一ぱい　たべることにした。
すると、なべの中《なか》の　おみおつけは、ほとんど　なくなってしまった。
「とうさんのぶん、どうしよう？」
「もう一かい　つくればいいさ。ぼく、もう　コツが　のみこめたもの。」
にいちゃんが　いったので、ぼくは　あんしんして、二はめをたべた。
とうさんが　かえってくるころ、にいちゃんは　二かいめの　おみおつけを　つくった。
とうふが　なくなったので、ねぎと　あぶらげだけの　おみおつけだ。

「コウジが　つくったのか。」

とうさんは　おみおつけを見《み》て、おどろいたようだった。

「えらい、えらい。」

そして、しちみとうがらしを　びっくりするほど　たくさんふりかけて、

「うまいぞ。コウジは　りょうりのセンスが　あるじゃないか。」

と、にいちゃんをほめた。

でも、ぼくは　おみおつけを　のみすぎたので、二かいめのは　あまりうまいとは　おもわなかった。

5　ライスカレー

にいちゃんは　おみおつけが　せいこうしたので、それからは　まいばん　つくってくれたけれど、五日《いつか》ばかり　つづけたら、

「こんな　ばかくさいこと、やっていられるかよ。」

こういって、おみおつけづくりを　ストップしてしまった。

とうさんも　スーパーで　おかずをかって、夕《ゆう》ごはんをつくってくれたけれど、だんだん　めんどうになってきたらしく、

「こんやは　そとで　たべようや。」

といって、レストランなんかで　たべることが　おおくなった。

ぼくは　かあさんが　いっしょのときは、そとでたべるのが　たのしかったけれど、かあさんが　いないと、ちっとも　たのしくない。

そのうち、レストランのしょくじにも　あきあきしてきた。

いつも　おんなじあじなんだもの。

そうかといって、スーパーのおかずも　おいしくはないし……。

やっぱり　かあさんのりょうりが　一ばんなんだ。

すると、にいちゃんが　もうぜんと　ハッスルした。

にいちゃんは、じぶんで　りょうりをつくろうと　けっしんした。

まず、クラスの女《おんな》の子《こ》を　三人《にん》よんできて、ライスカレーのつくりかたを　ならうことにした。

ところが、三人《にん》のはなしをきくと、つくりかたが　それぞれちがう。それで、女《おんな》の子《こ》どうしで　けんかになってしまった。

にいちゃんは　こまってしまって、

「みんな　うまそうだけど、きょうは　ジャンケンできめようよ。」

こういって、フクちゃんという子《こ》が、ライスカレーを　つくることになった。

リサちゃんという子《こ》と、エミちゃんという子《こ》は、やさいサラダを　つくってくれることになった。

フクちゃんは、鼻《はな》の頭《あたま》に　あせをうかべて、いっしょうけんめい　つくってくれた。

リサちゃんと　エミちゃんがこしらえた　やさいサラダは、ゆでたまごや　ハムなんかもはいっていて、　とてもおいしそうだった。

「あとは、このまま　十ぷんぐらい　にればいいのよ。ときどき　かきまわして、こげつかないようにしてね。」

おいしいカレーのにおいが　してくると、フクちゃんは　にいちゃんに　ちゅういした。

それから、リサちゃんと　エミちゃんに、

「さ、かえりましょ。」

と、いった。

二人《ふたり》は　うなずいた。

「いっしょに　たべていけばいいのに。」

と、にいちゃんが　とめたが、三人《にん》は　かえってしまった。

にいちゃんは　さびしそうな顔《かお》をした。

ぼくだって　さびしかった。
ぼくは　あの三人《にん》といっしょに　ライスカレーが　たべられるとおもって、とても　たのしみにしていたんだ。
それから　十ぷんたってから、カレーのおなべの火《ひ》をとめた。
ぼくは　おさじですくって、できたばかりの　カレーをたべてみた。
そのカレーは、かあさんのカレーのあじとも　きゅうしょくのカレーのあじとも　ちがっていた。

6　チビ

ある日《ひ》、にいちゃんが　友野《ともの》くんといっしょに　学校《がっこう》からかえってきた。そして、げんかんのところで、大《おお》ごえで　ぼくをよんだ。

「ジュン、きてみろよ！」

ぼくが　出《で》ていくと、友野《ともの》くんのじてんしゃのうしろにはこがつんであって、そのはこから　茶色《ちゃいろ》の子《こ》犬《いぬ》が　頭《あたま》をつき出《だ》していた。

目《め》と　鼻《はな》と　口《くち》のまわりが黒《くろ》い、とてもかわいらしい犬《いぬ》だ。

「あれ、この犬《いぬ》 友野《ともの》くんの？」

ぼくがきくと、

「友野《ともの》くんから もらったんだ。」

にいちゃんが とくいそうな顔《かお》をしていった。

「じゃ、うちで かうの？」

「そうさ。」

それをきいて、ぼくは すっかりうれしくなった。

「やった！」と、おもわず さけびたくなったほどだ。

「なまえは なんていうの？」

友野《ともの》くんに きいたら、

「チビ。」

って、おしえてくれた。
それから、ぼくたちは
チビを　家《いえ》の中《なか》にあげて
いっしょにあそんだ。
牛乳《ぎゅうにゅう》を　のませたり、ビ
スケットを　たべさせたり
した。
五時《じ》ちかくになると、友《と》
野《の》くんは、
「じゃ、ぼく　かえる。」
といって、

「チビ、さよなら。」

ちょっと　さびしそうに　チビの頭《あたま》をなぜて、かえってい
った。そのあとで、

「友野《ともの》くんの家《いえ》に、お母《かあ》さん犬《いぬ》が　いるの？」

って、ぼくがきいたら、

「そうじゃないよ。」

と、にいちゃんはいって、

「この犬《いぬ》、友野《ともの》くんが　原《はら》っぱで見《み》つけたんだ。家《いえ》でかいた
くても、親《おや》が　はんたいだから　かえない。それで、友野《ともの》く
ん、森《もり》の中《なか》で　こっそり　かっていたんだ。

でも、いつまでも　そんなこと　していられないだろう。

それで、友野《ともの》くんの　かわりに、ぼくが　かうことにしたのさ。」

そう　おしえてくれた。

友野《ともの》くんが　さびしそうにしていたのは、かわいがっていたチビと　わかれるのが　つらいからなんだな、と、ぼくにもわかった。

でも、そのうちに　ぼくは　だんだん　しんぱいになってきた。

「ぼくんち、だいじょうぶかなあ。犬《いぬ》をかっちゃいけないって、いわれるんじゃないかなあ……。」

にいちゃんは　まえから　犬《いぬ》をかいたがっていて、これま

で　なんども　かあさんにおねだりしていた。でも、そのたびに　はんたいされていたんだ。

「だから、いまが　チャンスさ。」

にいちゃんがいった。

「でも、とうさん、なんていうかなあ……。」

「とうさんが　はんたいしたら、おれ　チビをつれて　家出《いえで》する。」

「ぼくもする！」

ぼくも　さんせいした。

かあさんのいない　家《いえ》にいるよりも、チビをつれて　家出《いえで》したほうが　なんだか　おもしろそうに、そのときのぼくに

は　おもえたんだ。
七時《じ》ごろ、とうさんが　かえってきた。
「おかえりなさい。」
いつもより　ていねいに　にいちゃんがいった。
「おっ、どうしたんだ、この犬《いぬ》。」
とうさんは　びっくりしたらしかった。
にいちゃんが　友野《ともの》くんから　もらったのだというと、
「むりだよ、犬《いぬ》をかうなんて。それでなくても、人手《ひとで》がたりないんだもの。あした、かえしてきなさい。」
とうさんは　ふきげんそうにいった。
でも、にいちゃんは　だまっていた。だまって、チビをかかえていた。

にいちゃんに　かかえられて、チビは　ふしぎそうに　とうさんをながめていた。

それから、夕《ゆう》ごはんになると、チビは　へやの中《なか》を　うろうろ　あるきだした。

なんだか、家《いえ》のようすを　しらべているみたいだった。

そのうち、へやのすみにいくと、とつぜん　ジャーッと　おしっこをもらしてしまった。

「ひゃあー。」

にいちゃんは、あわてて　しんぶんがみで　ぬれたところをふいた。

ぼくは　おかしくなって　わらいだした。
とうさんは　ますます　ふきげんになった。
「生《い》きものは　おもちゃと　ちがうんだ。とても　手《て》がかかるし、びょうきになることもある。いいかい、コウジ、あした　かえしてくるんだ。」
きょう　ひとばん、チビを　家《いえ》におくのは　ゆるすけれど、あしたは　ぜったい　ゆるさん——そう、とうさんは　いっているみたいだった。
九時《じ》になると、まだ早《はや》いのに、にいちゃんは　チビをかかえて、ベッドにもぐりこんだ。とうさんと　いっしょに　いたくなかったのかもしれない。

「にいちゃん、チビ　かえすの。」

しんぱいになって、ぼくはきいた。

にいちゃんは　首《くび》をふった。

「じゃ、家出《いえで》するの？」

にいちゃんは　だまっていた。

それから、にいちゃんはいった。

「チビ、かえせるもんか。そしたら、のら犬《いぬ》になって、ほけんじょに　つれていかれちゃうじゃないか。」

つぎの朝《あさ》、にいちゃんは　大《おお》きなはこを　さがしてきて、その中《なか》に　ふるいタオルをしいた。

それを　げんかんのわきにおくと、チビの首《くび》を　ひもでしばって、ひものさきを　木《き》にむすびつけた。

「さびしくても、ここで　まっているんだぞ。」

にいちゃんは　そういって、学校《がっこう》へでかけていった。

その日《ひ》、ぼくは　家《いえ》にかえるのが　ちょっとばかり　こわかった。

にいちゃんが　チビをかえさないことが　わかったら、とうさんは　おこるにきまっている。

とうさんは　めったに　おこらないけれど、おこるとこわい。とだなから　しないをとり出《だ》してきて、それで　パチンパチン　おしりをたたく。

とうさんは　けんどう二だんだから、たたかれると　とてもいたい。

こんや、とうさんが　かえってきたら、いうことをきかない　にいちゃんを、しないで　たたくにちがいない。

そしたら、にいちゃんは　どうするだろう。

チビをつれて　家出《いえで》するだろうか……。

もんをはいると、チビがいた。チビは　まっ黒《くろ》な目《め》で　ぼくを見《み》て、しっぽをふった。

「りこうだね、チビ。」

ぼくは　チビをだきあげて、頭《あたま》をなでてやった。

「まってろよ、いま　おやつをあげるから。」

ブロックべいの　すきまに　かくしてある、げんかんのド

アのかぎを　さがした。
ところが、ドアのかぎが　見《み》つからない。
「あれ、おかしいな。」
とおもって、ドアのノブを　まわしてみると、ドアが　すうっとあいた。
ぼくは　どきりとした。
にいちゃんが　ぼくよりさきに　かえっているはずはない。
学校《がっこう》のかえり、にいちゃんたちは　たいそうをしていたもん。
すると、家《いえ》の中《なか》にいるのは　だれだ？
かあさんかしら……。

おいしゃさんから、

「もう、家《いえ》にかえっても　いいですよ。」

と　いわれて、きゅうに　かえってきたんじゃないかしら。

ぼくのむねは　コトコト　なりだした。

「かあさんなの？」

ぼくは　げんかんから　大《おお》ごえでよんでみた。

そしたら、おくのほうで　男《おとこ》の人《ひと》のこえが　きこえてきた。

「ジュンか。」

とうさんのこえだった。

いまごろ、どうして　とうさんが家《いえ》にいるんだろう。

ぼくは　ふしぎな気《き》もちがした。

家《いえ》の中《なか》にはいってみると、とうさんは　ワイシャツのまま
ふとんをかぶって　ねていた。
「とうさん、どうしたの？」
びっくりして　きくと、
「かぜで　頭《あたま》がいたいから、会社《かいしゃ》を早《はや》びきしてきたんだ。で
も、しんぱいしなくてもいいよ。一日《にち》ねれば　なおるから。」
そういって、頭《あたま》のほうまで　ふとんをひっぱりあげた。
「とうさん、さむいの。」
ぼくは　しんぱいになって、ふとんをもう一まい　とだな
から出《だ》して、とうさんに　かけてあげた。それから、ざぶと
んも　下《した》のほうにのせてあげた。

それから　一時間《じかん》ぐらいして、にいちゃんがかえってきた。

にいちゃんは　さすがに　にいちゃんだった。

水《みず》でぬらしたタオルを　とうさんのひたいにのせてあげて、

「くすり、かってこようか。」

と、きいた。

「くすりは　とうさんが　かってきたから　いいよ。」

とうさんは　そういって、

「ばんごはんは　おまえたちのすきなものを　でんわでちゅうもんしなさい。とうさんは　たべたくないから、なにもいらない。」

というと、また　ふとんにもぐりこんで、グウグウ　ねてしまった。

ぼくたちのちゅうもんした　カツどんがきたころも、とうさんは　ねむっていた。

「なんにも　たべなくちゃ、からだに　よくないよなあ……。」

にいちゃんは　カツどんをたべながら　ひとりごとをいった。

「そうだ。おかゆを　つくってあげようかな。」

たべかけのまま、としょかんでかりた本《ほん》を　ひっぱり出《だ》してきた。

「あった、あった。」

にいちゃんは　ねっしんな顔《かお》つきになって　よみ、

「お米《こめ》の　五ばいの水《みず》で、ゆっくりと　にればいいんだ。かんたんだよ。」

ほっとしたように　つぶやいた。

そして、夕《ゆう》ごはんがすむと、さっそく　おかゆづくりにとりかかった。

九時《じ》ごろ、とうさんは、

「ああ、よくねむった。いま　なん時《じ》だ。」

といいながら、目《め》をさました。

そのころには、にいちゃんのこしらえたおかゆは　できあがっていたから、

「とうさん、おかゆができているよ。たべなくちゃ　だめだ

よ。」
　にいちゃんと　ぼくは、とうさんのおちゃわんにおかゆをよそい、うめぼしといっしょに、おぼんにのせて、とうさんのふとんのところまで　はこんでいった。
「これは　ありがたいな。これをたべれば、あしたはなおっちまうよ。」

とうさんは　うれしそうにいった。

そのとおり、とうさんのかぜは　つぎの日《ひ》には　よくなったらしい。ちゃんと　朝《あさ》、いつものように　会社《かいしゃ》に出《で》かけていった。

そして、チビを　家《いえ》におくことも、ゆるしてくれることになったらしい。

それからは、とうさんは　チビのことを　なにもいわなくなった。

7 まつばづえの　かあさん

いつもは　とうさんと三人《にん》で　かあさんのびょういんに
いくんだけれど、その日曜日《にちようび》は　にいちゃんと　ふたりだけ
で出《で》かけた。

かあさんは　うれしそうにいった。

「きのうから、まつばづえで　あるけるようになったのよ。
おトイレも　じぶんで　いけるようになったわ。」

かあさんは　ベッドにたてかけてあった　二本《ほん》のまつばづ
えで、びょうしつをあるいてみせた。

「そうだ、びょういんの　きっさてんにいってみようか。」

かあさんは　いきおいよく　びょうしつをとびだした。

ぼくは　かあさんの　よちよちあるきに　ひやひやした。

よその人《ひと》と　ぶつかったら、たちまち　ひっくりかえって
しまうにちがいない。

「かあさん、ぼくが　前《まえ》をあるくよ。」

にいちゃんが　パトカーみたいに、かあさんの前《まえ》を　ある
いていった。

ぶじに　きっさてんにとうちゃくした。

「なに　たべる？」

かあさんがきいた。

びょういんの　きっさてんだから、小《ちい》さいし、しなものもすくない。

ぼくと　にいちゃんは、ココアとケーキ、かあさんは　コーヒーをたのんだ。

「コウちゃん、よくやっているようね。ありがとうね。」

かあさんは　にいちゃんに　かるく頭《あたま》をさげた。とうさんから　はなしをきいているらしい。

ほんとうに　そうだ。このごろのにいちゃんは　がんばっている。

ライスカレーも　つくれるようになったし、チャーハンもスパゲティも　つくれるようになった。

それから、かあさんは
ぼくに、
「ジュンくんも　犬《いぬ》のせわ
を　よくしているそうね。」
といった。
ぼくは　いま　チビがか
りなんだ。学校《がっこう》からかえっ
て、チビをさんぽさせるの
も　ぼくだし、ねるまえに
もう一かい　さんぽをさせ
るのも　ぼくだ。

そうすれば、チビは　もう　おしっこも　うんちもしないから、よる　家《いえ》の中《なか》にいれて、いっしょに　あそぶことができる。

そして、ねるときは　ぼくと　にいちゃんが　こうたいで　いっしょにねることにしている。

チビがいるおかげで、ぼくの家《いえ》は　まえほど　さびしくなくなった。

「チビって、とってもかわいいよ。」

チビの黒《くろ》い目《め》と、黒《くろ》い鼻《はな》をおもい出《だ》して、かあさんにいうと、かあさんはわらった。

かあさんも、とうさんとおなじように、チビをかうことをゆるしてくれたようだ。

「このまえね、チビに　くびわと　くさりをかってあげたの。犬《いぬ》ごやも、にいちゃんといっしょに　こしらえたの。」

すると、とつぜん　にいちゃんが　おもい出《だ》しわらいをして、ぼくにいった。

「ジュン、きのうのばん　おかしかったな。」

ぼくが　きょとんとしていると、

「ほら、ねるとき　ふとんが……。」

といわれて、ぼくも　おもい出《だ》した。

「ねえ、かあさん。きのう　ねようとして　ベッドにいったら、しきぶとんが　なかったの。」

「まあ、どうして？」

かあさんが　びっくりした顔《かお》をすると、こんどは　にいちゃんがいった。

「おし入《い》れを　さがしてもないの。それで、とうさんにきいたら、朝《あさ》　ベランダに　ほしたまま、わすれていたんだって。

とうさん、あわてて　ベランダから　ふとんをはこんできたけど、ふとんが　すっかりつめたくなっちゃって、たいへんだったんだ。」

かあさんは　大《おお》きなこえで　わらっていたけど、そのうち目《め》をこすった。

「みんなに　めいわく　かけるけれど、もうすこしの　しんぼうよ。」

それから　ぼくたちのシャツを　ながめて、

「このごろ、おせんたくも　山本《やまもと》さんのおばあさんが　やってくださっているんですってね。とうさんも　大《おお》だすかりだって　よろこんでいたわ。」

山本《やまもと》さんは　きんじょにすんでいる　ひとりもののおばあさん。朝晩《あさばん》、大《おお》きなこえで　おきょうをあげるので、ゆうめいな人《ひと》だ。

このおばあさんが　ぼくの家《いえ》のことをきいて、

「どうせ　ひまなんだから、せんたくぐらい　させてください。こまっているときは　おたがいさまですから。」

といって、ぼくの家《いえ》の　せんたくものを　ひきうけてくれることになったのだ。

それから、ミッちゃんのおばさんは　ときどき　おかずをとどけてくれるし、かあさんといっしょに　パートではたらいている　花村《はなむら》さんも、このまえ　五目《ごもく》ごはんをこしらえたから、といって　もってきてくれた。

「そうそう、らい週《しゅう》は　里子《さとこ》おばさんが　きてくれるんです

ってよ。」

かあさんがいった。

「家《いえ》の中《なか》が　ずいぶん　ちらかっているらしいから、おそうじに　きてくれるんですって。」

すると、にいちゃんが　口《くち》をとがらして、

「ぼくたちだって　そうじしているよなあ。」

と、ぼくにいった。

にいちゃんは　かべに　火木土《かもくど》とかいた　かみをはっていた。

火曜日《かようび》と　木曜日《もくようび》と　土曜日《どようび》に、ごみをあつめる車《くるま》が　まわってくるから、それを　わすれないようにするためだ。

「かあさん、ごみって　まい日《にち》　ずいぶん出《で》るんだねえ。か

たづけるのが　たいへんだよ。」
にいちゃんが　おとなっぽい　いいかたでいうと、
「かあさんのくろうも、すこしわかった？」
かあさんは　おかしそうにわらった。
げんかんの前《まえ》で、まつばづえのかあさんと　わかれること
になった。
「さくらの木《き》、いま　つぼみがいっぱいね。あのさくらの花《はな》
が　さくころ、かあさん、たいいんできるのよ。」
それから、かあさんは　ぼくたちのかたをたたいて　いっ
た。
「さあ、もうひとがんばりよ。」

8　かあさんが　かえってきた

かあさんが　にゅういんして、ふた月《つき》たった。あと一月《ひとつき》で、かあさんは　かえってくる。

にいちゃんと　ぼくは、まい晩《ばん》　ねるまえ、カレンダーのきょうの日《に》づけのところを　マジックペンで　けすことにした。

けした数字《すうじ》が　おおくなれば　おおくなるほど、かあさんのかえってくる日《ひ》が　ちかづくからだ。

チビは　もう　すっかり　とうさんともなれて、かぞくの

ひとりみたいになっていた。
　ところが、そのチビが
とつぜん、ものをたべなく
なってしまった。
　むりやり　ドッグ・フー
ドを　口《くち》の中《なか》におしこんで
やっても、すぐはきだして
しまう。
　いつもなら、さんぽにつ
れていくと　とてもよろこ
ぶのに、そのさんぽも　い

やがるようになった。

ぼくは　にいちゃんにいった。

「チビ、びょうきだよ。犬《いぬ》のおいしゃさんに　みてもらおうよ。」

にいちゃんは　こまったかおをした。

「じゅういさんに　みてもらうと、お金《かね》がかかるんだよ。いくらぐらい　かかるかなあ。」

にいちゃんは　とうさんから　あずかっているお金《かね》を、なるべく　へらさないように　がんばっているんだ。

「もし、チビがしんだら……。」

とおもうと、ぼくは　なきそうになった。

すると、にいちゃんが　けっしんしたように、

「よし、これから　つれていこう。」

と、いった。

「お金《かね》、だいじょうぶ？」

「なんとか　なるさ。」

ぼくたちは　チビをつれて、じゅういさんのところに　出《で》かけていった。

じてんしゃのうしろに　はこをのせ、その中《なか》に　チビをいれた。

にいちゃんが　じてんしゃをひき、ぼくは　チビがおちないように、うしろで　チビをおさえながらあるいた。

じゅういさんは、ぼくたちの話《はなし》をきいて　チビのからだを
しらべていたが、

「はいえんかもしれないね。入院《にゅういん》させるかい？」

と、ぼくたちにきいた。

入院《にゅういん》ときいて、ぼくは　おどろいてしまった。

「入院《にゅういん》しないでも　なおりますか？」

にいちゃんが　しんけんな顔《かお》つきできいた。

「そりゃ、なんともいえないけど……。」

「ぼく、いっしょうけんめい　うちで　かんびょうします。」

にいちゃんは、きっぱりといった。

じゅういさんは　チビのこしのところに　ちゅうしゃをし

てから、

「あたたかくしてやって、このくすり、六時間《じかん》ごとに　のませなさい。のませかたは　こういうふうにして……。」

チビの　のどのおくに　くすりをつっこんでから、チビの口《くち》をおさえて、鼻《はな》のあなに、フッーと　いきをふきかけて見《み》せた。

「わかったね。じゃ、六時間《じかん》ごとってということを　わすれないようにね。いま、四時《じ》だろう。だから、こんどは十時《じ》。そのつぎは　なん時《じ》かな？」

にいちゃんは　ゆびでかぞえて、

「四時《じ》。」

とこたえた。

「そう、四時《じ》。それから、十時《じ》。」

じゅういさんのしんさつりょうは　三千《ぜん》五百《ひゃく》円《えん》だった。

びょういんから出《で》ると、

「このこと、とうさんに　ないしょだぜ。」

と、にいちゃんはいった。

「朝《あさ》の四時《じ》に　にいちゃん、おきられる？　それから、十時《じ》というと、学校《がっこう》だろう。」

ぼくは　しんぱいになって、にいちゃんにきいた。

「目《め》ざましどけいを　かけておくから、だいじょうぶ。それから、十時《じ》のときは、先生《せんせい》にわけをはなして、かえってくるよ。」

それをきいて、ぼくはホッとした。

「四時《じ》のとき、ぼくも　おこしてね。」

それから、ぼくは　はこの中《なか》の　チビの頭《あたま》をなぜて、

「がんばるんだぞ、チビ。」

といった。


「おい、ジュン。」

とおくのほうで　にいちゃんのこえが　きこえた。

それから、ぼくのからだが　がたがたゆれた。

あれっ、じしんかな？

目《め》をあけると、へやにでんきがついていて、ぼくの　すぐ
そばに　にいちゃんが　たっていた。
「どうしたの？」

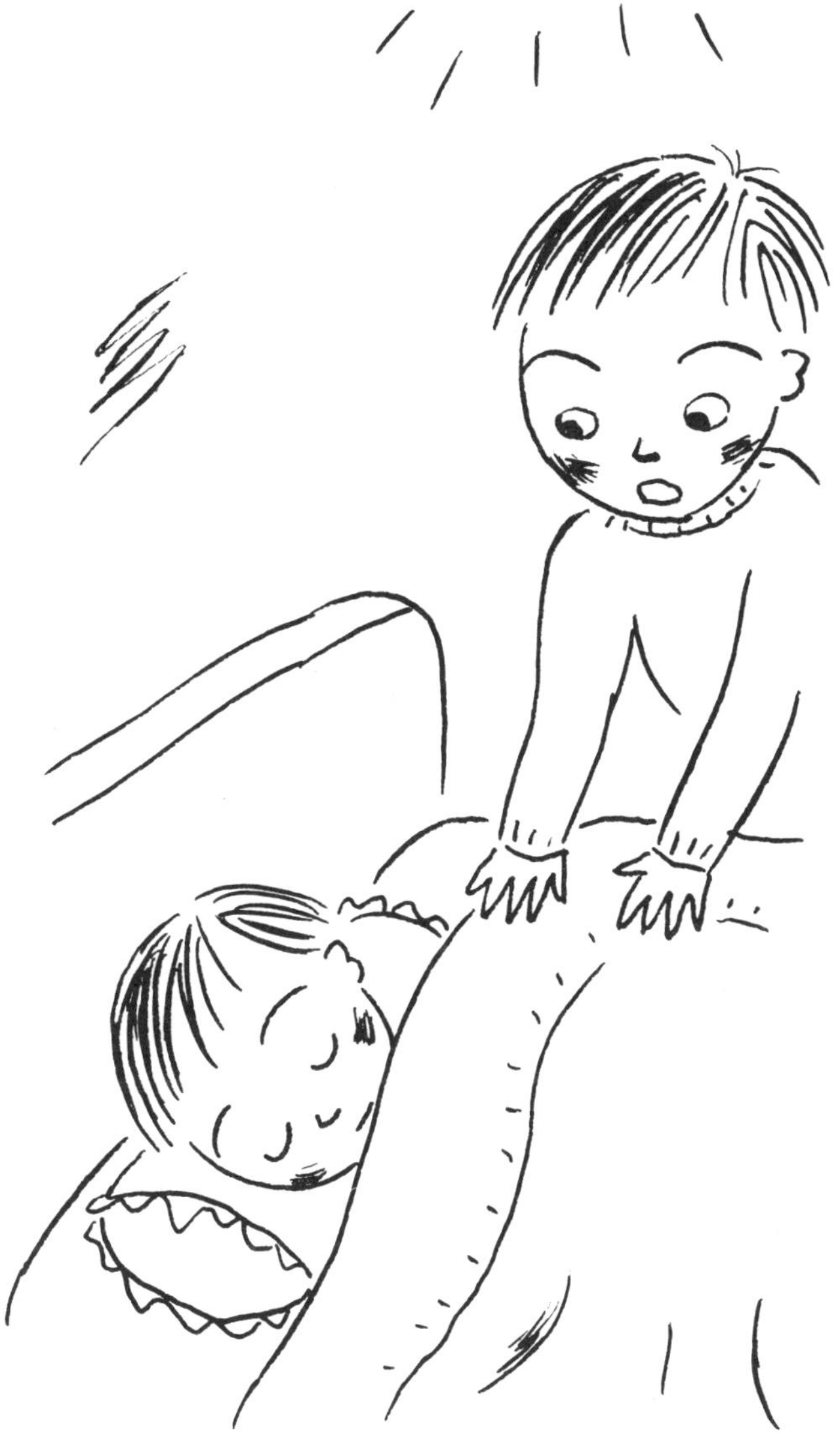

ぼくがきくと、
「四時《じ》だよ。」
にいちゃんがいった。
そうか、チビに　くすりをやる時《じ》間《かん》だったっけ。
ぼくは　あわててとびおきたけれど、目《め》ざましどけいが
いつなったのか、ちっとも　気《き》がつかなかった。やっぱり、
にいちゃんはえらい。
チビは　ぼくたちのへやに　ねかせてある。
「チビ、くすりをのむんだよ。」
にいちゃんが　ちかづくと、チビは　かすかに　しっぽを
ふった。

でも、げんきがない。鼻《はな》が　からからに　かわいている。
にいちゃんは　じゅういさんに　おしえられたようにして、チビに　くすりをのませた。
それから、トイレにいって　チビのために　水《みず》をはこんできた。
チビは　のどがかわいたらしく、ピチャピチャ　音《おと》をたてて　水《みず》をのんだ。
「さ、もうねよう。」
にいちゃんは　ベッドの中《なか》に　もぐりこんだ。
ぼくも　ベッドにはいったけれど、すぐには　ねむれなかった。

「チビ、しなないといいね。」

ぼくがいうと、

「しぬもんか。ぜったい　しなないよ。」

おこったように、にいちゃんがいった。

その日《ひ》、チビを　ぼくたちのへやにいれて、学校《がっこう》へいくことにした。

犬《いぬ》ごやでは、つめたい風《かぜ》が　ふいてくるからだ。

おしっこや　うんちをしても　こまらないように、へやじゅうに　しんぶんしを　しくことにした。

「じゃ、十時《じ》に　かえってくるからな。まってろよ、チビ。」

にいちゃんは　そういって、ぼくといっしょに　学校《がっこう》へい

った。
それから　四日《よっか》め。
チビは　はじめて　牛乳《ぎゅうにゅう》を　のむようになった。
つぎの日《ひ》には　牛乳《ぎゅうにゅう》にひたした　ドッグ・フードをすこしたべた。
それからは　だんだんげんきになって、一週間《しゅうかん》もすると、また　ぼくといっしょに　さんぽにいけるようになった。

チビが　すっかり　げんきになってから、十日《とおか》め、いよいよ　かあさんが　たいいんすることになった。

その日《ひ》は　とうさんが　会社《かいしゃ》をやすんで、むかえにいくことにした。

ぼくも、にいちゃんも　学校《がっこう》へいったけれど、家《いえ》にかえると　かあさんがいるんだとおもうと、ぼくは　うれしくてたまらなかった。

それで、教室《きょうしつ》で　にこにこしてばかりいた。

「ジュンくん、なんだか　うれしそうね。」

って、藤田先生《ふじたせんせい》が　きいたから、

「きょう、かあさんが　たいいんするんです。」

というと、

「まあ、よかったわね。」

先生《せんせい》は　とても　よろこんでくれた。

その日《ひ》は、ぼくの　そうじとうばんだったけれど、

「はやく、おかあさんの顔《かお》が　見《み》たいでしょ。」

先生《せんせい》は　そういって、とうばんのなかまに、

「きょうは　ジュンくんを　早《はや》くかえしてあげようね。」

と、いってくれた。

「いいとも。ジュン、いそげ！」

タカシくんが　さけんだ。

ほかのなかまも　はくしゅをしてくれた。
ぼくは　いそいで家《いえ》にかえった。
あまり　いそぎすぎて、こうつうじこにあったら、たいへんだ。
ちゅういしながら、ぼくはいそいだ。
家《いえ》の前《まえ》にくると、とうさんのくるまがあった。
とうさんは　かあさんをつれて、かえってきたのだ。
チビが　犬ごやから出《で》てきて、やかましくほえたてたけど、
ぼくは　チビの頭《あたま》をなぜてやるのも　わすれて、
「かあさん！」
てっぽう玉《だま》のように　家の中《なか》にとびこんでいった。

作家・大石　真（おおいし　まこと）

1925年、埼玉県に生まれる。早稲田大学卒業。在学中に早大童話会に入会、後に「びわの実」同人となる。『風信器』で日本児童文学者協会新人賞、『見えなくなったクロ』（偕成社）で小学館文学賞を受賞。著書に『チョコレート戦争』（理論社）、『教室二〇五号』（実業之日本社）、『さとるのじてんしゃ』（小峰書店）、『大石真児童文学全集』全16巻（ポプラ社）など多数ある。1990年逝去。

画家・西川おさむ（にしかわ　おさむ）

1940年、福岡県に生まれる。武蔵野美術大学デザイン科卒業。絵本、さし絵の世界で活躍。おもな作品に「大だこマストン」シリーズ（ぎょうせい）、「10ぴきのおばけ」シリーズ（ひかりのくに）、『わにのニニくんのゆめ』（角野栄子・作　クレヨンハウス）、『おとうさんとさんぽ』（教育画劇）、『ぼくはロボットパン』（桜井信夫・作　小峰書店）など多数ある。

かあさんのにゅういん　**どうわのひろばセレクション**

2009年3月24日　新装版第1刷発行

作　家・**大石　真**
画　家・**西川おさむ**
装幀・デザイン・**木下容美子＋戸﨑敦子**
発行者・**小峰紀雄**
発行所・株式会社 **小峰書店**　〒162-0066 東京都新宿区市谷台町4-15
電　話・03-3357-3521　　FAX・03-3357-1027
組版・㈱タイプアンドたいぽ　表紙印刷・㈱三秀舎　本文印刷・㈱厚徳社
製本・小髙製本工業㈱

ISBN978-4-338-24503-6
NDC913　127p　22cm

http://www.komineshoten.co.jp/